AF190253

Wolfgang Pein

Wenn aus Feinden
Freunde werden können
oder Lehrstunden
aus dem Reich der Tiere

Untertitel:

tiefgründige Tiergeschichten

Bibliografische Information der Deutschen Nationalbibliothek: Die Deutsche Nationalbibliothek verzeichnet diese Publikation in der Deutschen Nationalbibliografie. Detaillierte bibliografische Daten sind im Internet über http://dnb.d-nb.de abrufbar.

Copyright : Dez. 2018 - Autor Wolfgang Pein

Herstellung und Verlag:

BoD – Books on Demand,   In de Tarpen 42

D – 22848 Norderstedt - Germany -

ISBN-Nr.   9783748157410

Liebe Leserinnen, lieber Leser,

der **Titel** dieses Buches

„Wenn aus Feinden Helfer und Freunde werden oder Lehrstunden aus dem Reich der Tiere" soll als Aufforderung gedacht sein, nicht nur das Verhalten von Tieren, sondern auch von uns Erdenmenschen einmal zu hinterfragen.

Dass es in der Tierwelt nicht immer friedlich zugeht, ist natürlich eine Tatsache. Teilweise zeugt die Vorgehensweise dort aber vom Kampf um das eigene Überleben, wo sich der Mensch nicht immer unbedingt einmischen soll.

Einmischen soll man sich aber, wenn eigentlich allen bekannt ist, dass unser Planet Erde auch um das Überleben kämpft. Endet dessen Leben, dann ist wohl auch der Mensch am Ende.

Wenn in dieser Zeit noch höchste Staatsmänner mit „fragwürdigen Meldungen" die Gefahr verneinen, ablehnen oder verniedlichen und sogar der Lächerlichkeit aussetzen, dann sollte es jetzt höchste Zeit sein, denen entgegen zu treten. **Denn** Die machen gar **keinen** großartigen Job!

Die folgenden Geschichten sind natürlich eben nur Geschichten, aber sie sind es sicherlich wert, auch einen tieferen Sinn darin zu erkennen.

Jeder wird bei eigenem Nachdenken auch sehen, dass in den Geschichten mehr als nur ein Funke Wahrheit steckt.

Sie werden es am Eisbären erkennen. Dessen Lebensraum-Bedrohung steht nur sinnbildlich für die Bedrohung, die uns alle angeht, und gemeint ist in dieser Geschichte die Erderwärmung.

Ansonsten legen die Geschichten großen Wert auf eine friedliche Welt, wo auch Feinde mal nachdenken und in Zeiten der Not sich gegenseitige Hilfe leisten können.

In den Geschichten können das die Tiere. Menschen maßen sich doch an, über den Tieren zu stehen. Dann sollten sie auch klüger denken können, sonst ist alles irgendwie nur ein Irrtum.

Wir müssen gar nicht überlegen sein, aber wir sollten sofort anfangen, mitzuhelfen, unsere Welt zu erhalten. Fangen wir also an, mehr zu tun, als man es uns Menschen zutraut. **Hören sie bitte einfach mal dem Eisbären zu.**

<u>V e r z e i c h n i s</u> der   Geschichten:

Zu wenig Wasser für die Fische

Sommer 2018 – Mann, was war das für ein Wetter! Dieses Jahr wird wohl allen in Erinnerung bleiben. So ein lange anhaltendes gutes und schönes Sommerwetter ist in Deutschland selten.

Die Menschen waren froh-gelaunt und konnten am Abend noch lange ihre Zeit „draußen" verbringen, in den Biergärten, an den Ufern von Flüssen und Seen oder in den eigenen Gärten, auf den Terrassen und Balkonen.

Auch wenn die Zeit für den Nachtschlaf manchmal sehr kurz war, das nahm man sehr gerne in Kauf.

Natürlich gab es auch viele, die unter der großen Hitze zu leiden hatten, die diese ungewohnt andauernden Temperaturen mit sich brachte, denkt man nur einmal an die Menschen, die bei diesen Temperaturen arbeiten mussten, besonders, wenn dies unter freiem Himmel war.

Aber nicht nur viele Menschen litten unter Hitze und Dürre, weil der Regen lange Zeit ausblieb.

Auch die Natur litt unter Hitze und Trockenheit. Manche Städte baten die Bevölkerung darum, die Blumen, Büsche und Bäume vor ihren Haustüren mit Wasser zu versorgen, damit diese nicht vertrocknen. In den Wäldern herrschte eine große Brandgefahr. Und viele Schiffe konnten nicht mehr mit ihrer vollen Ladung fahren, weil nicht mehr genug Wasser in den Flüssen war. Manche Bauern standen verzweifelt auf ihren Feldern, wo die Pflanzen vertrockneten.

So ist es eben mit dem Wetter. Die eine Seite möchte es so – schön warm und trocken. Andere brauchen auch mal kühlere Tage - und vor allem den Regen.

Aber nicht nur die Menschen und alle, die gerade erwähnt wurden, brauchen das wichtige Wasser. Auch die Tiere können nicht ohne das wertvolle Nass überleben.

Ein B e i s p i e l dafür gibt es, das sich hier in Albersloh im schönen Münsterland während der Schlussphase des heißen Sommers so abgespielt hat und beinahe ein Drama geworden wäre – ein sehr schlimmes Ende hätte nehmen können.

Der „Ahrenhorster Bach", der am Rande von Albersloh vorbei fließt, der hatte auch so seine Krise während dieser Zeit. Normal ist er ja wirklich auch nur ein Bach, aber einer, der beständig Wasser führt. Wenn sehr viel Regen an mehreren Tagen gefallen ist, breitet er sich gerne auch schon mal aus.

Dann klettert er an seinen Rändern hoch und das Wasser überschwemmt sogar manchmal die große Wiese, die direkt daran grenzt. Man sieht dann gar keinen kleinen Bach mehr, sondern es sieht so aus, als wäre ein großer See entstanden.

Dem Bach macht das sicher nichts aus. Vielleicht freut er sich sogar darüber, dass er mal einen Ausflug auf die Wiese machen kann – raus aus seinem Bachbett, wo er bei wenig Wasser gar nicht sehen kann, was um ihn herum passiert.

Aber wie gesagt, im Sommer 2018 war keine Überschwemmung in Sicht. Der Bach hatte nichts zu gucken. Im Gegenteil – er floss beinahe gar nicht mehr. Das wenige Wasser in ihm blieb fast auf der Stelle - da, wo es gerade war.

Für den Bach war dies zwar alles ungewöhnlich. Aber so lange noch etwas Wasser in ihm war, da war er eben ein Bach.

Der Bach war aber mit seinem Wasser nicht allein. In ihm lebten viele Fische, die sich dort sehr wohl fühlten.   Sie hatten ein fröhliches Leben, wenn sie den Bach hin und zurück schwammen, viele Kilometer Richtung Sendenhorst und zurück. Auch konnten sie direkt an der Mündung des Baches in den größeren Fluss schwimmen, der Werse heißt.   Das bedeutete für die Fische eine große Freiheit und viel Platz zum Spielen.

Jetzt aber, wo der Bach kaum noch Wasser in sich hatte, da war es mit der Fröhlichkeit der Fische vorbei.   An manchen Stellen war der Bach nicht so tief, wie an vielen anderen Stellen. Da war an vielen Stellen gar kein Wasser mehr, und die Fische konnten nur dort bleiben, wo es noch etwas davon gab.   Viele Fische kämpften bereits ums Überleben.   Wenn es möglich wäre, dann hätte man sie nach Luft schnappen hören.   Doch niemand konnte sie sehen, wie sie da in den letzten Wasserstellen zappelten und natürlich schon gar nicht hören.

Lange hätte es nicht mehr gedauert. Die Fische waren in höchster Gefahr, ihr Leben zu verlieren, denn natürlich können sie ohne Wasser nicht leben. Ihr atmen ist ganz anders, als bei den Menschen. Fische haben Kiemen und brauchen das Wasser zum atmen – auch wenn sich das für uns Menschen seltsam anhört.

Für die Fische im Bach würde dieser Sommer tödlich enden, wenn es nicht endlich regnen wird.

In der Nähe von Bach und Wiese wohnt der Kater Tobi. Auch der hatte die Hitze nicht gern und verbrachte mehr Zeit als sonst im Schatten des Gartens oder in der kühlen Wohnung von Frauchen und Herrchen, die er „Personal" nannte.

Auch Kater Tobi kannte den Bach und hatte sich gewundert, wie klein der geworden war. Ja - Tobi hätte jetzt ohne Mühe hinüber auf die andere Seite springen können, so wenig Wasser war da. Bei so wenig Wasser konnte Tobi jetzt auch die Fische sehen, die sonst bei tiefem Wasser vorsichtshalber nicht zu nahe an der Oberfläche schwammen – wegen einigen Reihern, große Vögel, deren Leibspeise eben Fische sind.

Aber j e t z t soll Kater Tobi weiter erzählen, denn der hat diese Geschichte ja selbst erlebt.

„Ja – das mache ich doch gerne. Also, ich bin Kater Tobi und das war eine spannende Sache. Ich sah die zappelnden Fische vor meinen Augen, als ich mal wieder einen Kontrollgang zum Bach machte. Das war schon ein ungewohnter Anblick. Fast war ich versucht, nach den Fischen zu greifen, nach ihnen zu angeln.   Aber etwas hielt mich davon ab. Ich bin ja ein schlauer Kater und erfasste die Situation, die sich da vor meinen Augen abspielte.   Alarm – dachte ich, da ist etwas nicht in Ordnung.   Ich sah, dass nur noch ganz wenig Wasser im Bach war, sah die nach Luft schnappenden Fische und wusste,   dass die Fische um ihr Leben kämpften.

Ich weiß nicht, ob Fische sprechen können, so wie alle anderen Tiere.   Zumindest haben Menschen wohl dies noch nicht so erlebt und ich selbst auch nicht. Aber Tiere untereinander – so hat man immer mal wieder gehört -, die sollen sich verstehen.   Vielleicht sprechen auch Fische miteinander, eventuell in einer internationalen Tiersprache oder eben durch bestimmte Gesten, Bewegungen oder sonst etwas.   Ich verstand, was hier los war und musste sofort handeln.

Ich nahm Kontakt auf, einen Kontakt, den sich die Fische selbst sicherlich nicht gewünscht hätten.

Aber ich kannte drei Reiher, die oft meine Wiese besuchten – und natürlich den Bach. Der Silberreiher und seine beiden Kollegen Graureiher waren Feinde der Fische. Aber ich wusste, dass die Reiher zurzeit sehr satt waren. Schließlich hatten sie von dem wenigen Wasser profitiert – hatten sich an den jetzt gut zu sehenden Fischen satt gegessen.

Ich sah keinen anderen Ausweg – nach meiner Überlegung konnten jetzt die Reiher ein Ausweg aus der gefährlichen Situation für die Fische sein. Die Fische mussten dort aus dem Bach weg. Sie brauchten dringend Wasser. Wasser war ganz in der Nähe – im Fluss Werse, auch wenn der ebenfalls noch sehr wenig Wasser hatte. „Aber wie kommen die Fische dort hin?", hatte ich überlegt. Gehen können Fische nicht, Wasser zum schwimmen war auch nicht genug vorhanden. Fliegen war die einzige Lösung ! Obwohl es auch fliegende Fische gibt, im Ahrenhorster Bach sind die jedenfalls nicht anzutreffen. Reiher können fliegen, man muss sie nur dazu überreden, den Fischen zu helfen. Können Todfeinde sich auch gegenseitig helfen?

Ich musste es darauf ankommen lassen, sah keine andere Möglichkeit, die Fische zu retten, sah wirklich keine andere Chance. Leider waren die Reiher im Augenblick nicht zu sehen, aber wie gesagt, sie waren sehr satt und nicht auf der Jagd. Sicher hielten sie ihren Mittagschlaf. Ich rannte und rannte, bis ich die Reiher entdeckte. Tatsächlich hockten sie auf einer Nachbarwiese, hielten die Köpfe gesenkt und schliefen.

Allerdings bemerkten sie mich, bevor ich auf 10 Meter an sie heran kam. Ich weiß ja selbst – als Tier kann man nicht vorsichtig genug sein; irgendeinen Feind hat fast jeder. Ich hatte den Reihern schon oft zugeschaut, wie sie beinahe stundenlang ganz regungslos am Rand des Baches standen und oft auch mittendrin im Bach, um auf eine Bewegung im Wasser zu warten.

Argwöhnisch schauten mich die drei großen Vögel an. Angst vor mir hatten sie wohl nicht. Schließlich kannten auch sie mich vom Ansehen, und ich glaube, dass ich schon einmal mit ihnen gesprochen habe.

„Schau – da kommt Kater Tobi!", sagte der Silberreiher zu seinen beiden Graureiher-Freunden. „Was ist los? Du hast es ja so eilig!"

„Nun ja", antwortete ich ihnen, „es hat zwar nichts mit einem Feuer zu tun, aber es brennt trotzdem ein bisschen. Es gibt da eine gefährliche Situation, nicht für euch, aber für die Fische da hinten im Bach!"

Beim Wort Fisch, wurden die Reiher sofort munter, und einer der Graureiher leckte sich seinen Schnabel.

Ich bemerkte das und hoffte, dass ich jetzt keinen Fehler mache, wenn ich erzähle, was los ist und warum ich eigentlich hier bei den Reihern bin.

„Hört mir bitte mal zu", sagte ich, „denn es ist sehr wichtig. Ich hoffe, dass ihr faire Sportsleute seid. Dann werdet ihr auch anderen eine Chance geben, die sich nicht wehren können. Das nennt man dann echten Sportsgeist und Verständnis."

Und ich erklärte den Reihern die Situation, dass die Fische in Lebensgefahr sind. Ich sagte das mit dem Sportsgeist nicht ohne Grund, denn ich musste wirklich gegen den Trieb der Reiher ankämpfen, dass diese nicht schon wieder sofort und jetzt hungrig auf Fisch werden. Ich setzte außerdem noch darauf, dass die Reiher auch in Zukunft noch Fisch essen möchten und dass die darum auch nicht alle aussterben dürfen.

Die drei Reiher sahen sich an, und der Silberreiher sagte zu Tobi: „Das hört sich vernünftig an, was du uns da erzählst. Wir machen mit der Jagd eine Pause und helfen den Fischen, obwohl das für uns natürlich sehr ungewöhnlich ist. Aber wie soll das alles gehen? Sollen wir die Fische im Schnabel ins tiefe Wasser transportieren?"

Ich überlegte angestrengt. Innerlich hatte ich etwas Bedenken, dass die Reiher ihr Versprechen eventuell brechen können, haben sie die Fische erst einmal in ihrem Schnabel. Ich schlug vor, dass der Silberreiher zunächst einmal mit mir kommt und sich die ganze Sache dort am Bach erst einmal ansieht. Dann machten wir beide uns sofort auf den Weg zu der Stelle, wo die Fische um ihr Leben zappelten

Der Silberreiher flog voraus und war schneller, als ich bei den Fischen eintreffen konnte. Als die Fische den großen Schatten über sich sahen, erschraken sie fürchterlich. Hatte ihr letztes Stündlein geschlagen? Es gab keinen Ausweg – sie konnten ja nicht weg, konnten nirgendwo hin. Schutzlos lagen sie vor Angst starr und regungslos im Wasser.

Und dann landete der Silberreiher auch noch bei ihnen im Wasser, mitten zwischen ihnen. Beinahe wäre den Fischen das Herz still gestanden, wie man vor lauter Angst so sagt.

Doch nur wenige Sekunden später war auch ich an Ort und Stelle. Die Fische wussten nicht, was jetzt mit ihnen passieren würde. Regungslos lagen sie immer noch am Grund des Baches, nur einige Zentimeter tief - im zu flachen Wasser.

„Ist jetzt alles aus?", dachten sie.

Ich besprach mich mit dem Silberreiher und sagte: „Wenn ihr die Fische in euren Schnabel nehmt, dann sterben die Fische vor Schreck. Damit wäre allen nicht geholfen. Ich habe eine andere Idee! Dort hinten, etwa 300 Meter weiter, da liegt eine kleine Badewanne. Wie wäre es, wenn ihr die hierher bringt?"

„Aha, ich verstehe." sprach der Silberreiher, „Wenn wir dann viel Wasser hinein füllen, dann könnte ich mit meinen beiden Freunden die Fische darin zum tieferen Fluss transportieren. Meinst du das als deine Idee?"

„Das wäre perfekt, und so könnte es gehen." antwortete ich. „Glaubst du, dass deine beiden Graureiher-Freunde da mitmachen? Werden sie den Fischen helfen? Das wäre einfach großartig!"

Der Silberreiher flog zurück zu seinen Freunden, kam aber schon bald wieder mit ihnen zurück. Die drei landeten gar nicht erst bei den Fischen, sondern flogen sofort zu der kleinen Wanne und brachten diese mit zu der Stelle, wo die Fische immer noch vor Angst im Wasser zitterten.

Als die Fische merkten, dass sie nicht von den Reihern gefressen werden, begriffen sie auch den Sinn der Schüssel, die jetzt schon halb mit Wasser gefüllt war und im Bach stand.

Jetzt mussten die Fische nur noch in die Schüssel springen. Einige der Fische waren inzwischen aber so schwach, dass sie die paar Zentimeter am Rand der Schüssel nicht überspringen konnten.

Ich nahm meinen ganzen Mut zusammen, denn ich hasste es eigentlich, mit Wasser in Berührung zu kommen und wäre freiwillig schon gar nicht in den Bach gestiegen. Aber ich machte es jetzt einfach.

„Stopp!", rief plötzlich der Silberreiher. „Es gibt da noch eine Idee, die wir alle jetzt hier überdenken sollten!" Dabei hielt er lächelnd den Kopf schief.

Ich war vor Schreck einen kurzen Augenblick lang wie erstarrt. Wollen sich diese Vögel jetzt nicht mehr an unsere Vereinbarung halten? Halten mich diese Vögel zum Narren? Haben sie mich etwa an der Nase herum geführt, um an die begehrten Fische heran zu kommen?

Der Silberreiher lächelte immer noch und sprach: „Keine Angst – mein Freund. Es ist keine gefährliche Sache, die mir da eingefallen ist. Nein, es ist gar nicht gefährlich für dich und auch nicht für die Fische."

Ich atmete auf, wartete auf die Erklärung, die mir der Silberreiher als Anführer jetzt geben würde.

„Ja", sagte der, „meine Freunde hier und ich haben kurz überlegt, dass wir die Fische nicht so einfach in den Fluss bringen sollten!"

Einen Moment lang dachte ich wieder daran, dass doch noch etwas passieren kann. Wollten die Reiher etwa, dass ein Teil der Fische an sie als Futter gehen sollen?

Der Silberreiher hob seinen rechen Flügel, lächelte immer noch und sagte: „Ich sehe, dass du einen Schrecken im Gesicht hast. Aber ich sagte vorhin doch schon, dass es gar nicht gefährlich ist.

Wir haben uns überlegt, dass wir ja diesen Fischen hier vor uns das Leben retten. Aber du weißt doch auch, dass Fische unsere Nahrung sind. Es wäre doch gar nicht nett, wenn wir diese Fische hier also retten und sie später dann wieder fangen und verspeisen. Also – wir haben uns gedacht, dass wir zumindest diese Fische hier, die wir zum Fluss bringen, irgendwie markieren sollten. Dann können wir sie erkennen und sie somit dauerhaft verschonen. So hat diese Aktion doch noch etwas mehr Sinn und unser Gewissen wäre dann auch etwas mehr beruhigt."

Du meine Güte, ich war komplett erstaunt darüber, was mir der Anführer der Reiher da vorgeschlagen hatte. Ich nickte heftig und rief erfreut: „Das ist eine großartige Idee. Als ich vorhin die Wanne sah, da habe ich auch einen Topf mit Farbe dort stehen sehen. Wie wäre es, wenn wir die geretteten Fische mit Farbe markieren Soll ich den Farbtopf einmal hierher bringen?"

Der Silberreiher nickte, und ich rannte los und holte den Farbtopf. Es war blaue Farbe und ich dachte, machen wir blaue Striche auf die Fische.

Vorsichtig hob ich mit meinen vorderen Pfoten die Fische aus dem Bach empor und legte sie in die Schüssel, in die schon andere Fische hineingesprungen waren und auf ihre Kollegen warteten. Ich nahm ein Grasbüschel und tauchte das in den blauen Farbtopf. Dann machte ich einen langen blauen Strich auf die Rücken der Fische. So waren sie sehr gut zu erkennen und von anderen Fischen gut zu unterscheiden.

Die Reiher sahen zu und nickten anerkennend. „War doch eine gute Idee von uns – oder?"

„Super Idee, ihr Lieben!", sagte ich. „Jetzt wollen wir aber sehen, dass wir die armen Fische schnellstens erlösen, damit sie in tieferes Wasser kommen. Die armen Wichte wissen ja gar nicht, was mit ihnen passiert. Seht doch – sie sind ganz unruhig und unglücklich in der Pfütze!"

Aus einem nahen Garten holte ich ein paar Seile und gemeinsam mit den Reihern band ich sie um die Griffe der Wanne.

Die drei Reiher nahmen jeweils ein Seil.

Sie hielten es mit ihren Schnäbeln fest, flatterten mit ihren Flügeln und die Wanne mit den Fischen wurde aus dem Bach gezogen und hoch ging es in die Lüfte, dem großen Fluss entgegen. Der Flug war ja nur kurz, denn schon bald nach dem Start war auch schon alles wieder vorbei.

Die Reiher schwebten eine Weile über dem tiefen Wasser und ließen vorsichtig die Wanne herunter. Die Wanne tauchte tief ins Wasser ein. Die Fische konnten heraus schwimmen. Übermütig schwammen sie in großen Kreisen herum, freuten sich und waren sehr dankbar, dass sie jetzt gerettet waren.

Ich dankte den Reihern für ihre großzügige Hilfe. Ich wusste, dass es nicht selbstverständlich ist, dass geholfen wird, wenn man eigentlich ein Feind ist. Aber zum Glück hatten hier wohl alle nachgedacht, bevor es zu einem Unglück kommt. Für einige Zeit war Frieden geschlossen worden, Frieden zwischen Reihern und Fischen.

Und wenn die das können, sollten Menschen auch dazu in der Lage sein ! Nachdenken ist wichtig !

Nachtrag: In den nächsten Tagen gab es rings um Albersloh herum merkwürdige Berichte. Da sprachen Angler von Fischen, die sie noch nie gesehen hatten. Die Angler konnten sie einfach nicht zuordnen. Fische mit blauen langen Strichen auf den Rücken – die hatte noch niemand vorher gesehen. Sollte man etwa eine neue und bisher unbekannte Rasse an Fischen entdeckt haben?

Als die Fische übermütig über ihre Freiheit sogar eine Staustufe des Flusses Werse übersprangen, da glaubten einige sogar an die Entdeckung einer neuen Rasse von Lachsen. Ganz sicher waren sie sich aber nicht: Lachse hier in der Werse?

Bis heute grübeln die Menschen noch über diese Sache mit den Fischen mit den blauen Streifen. Genau untersucht werden konnten die Fische aber bisher nicht, denn kein einziger von ihnen hat sich jemals fangen lassen.

Und irgendwann wurden dann auch keine dieser besonderen Fische mehr gesehen.

Kein Wunder, denn die blaue Farbe war einfach „nicht wasserfest" gewesen.

Ein Feuerwehrmann auf dem Eis

(Louis träumt)

Noch bin ich etwas zu jung, um meine Bewerbung abzugeben.   Aber ich habe ein wichtiges Ziel. Ich will unbedingt ein Feuerwehrmann werden!

Und manchmal träume ich jetzt schon davon, wie das alles wohl einmal wirklich sein wird. Im Traum kann man ja eigentlich alles, und genau davon erzählt diese Geschichte – die geträumte Geschichte vom Feuerwehrmann auf dem Eis.

Die Geschichte handelt von einem jungen Mann, der bereits schon seit einigen Jahren bei der Feuerwehr ausgebildet wird.   Der junge Mann heißt ebenfalls Louis und hatte, genau wie ich, bereits als kleiner Junge davon geträumt. Und sein Traum war bereits tatsächlich wahr geworden.   Zum Schluss der Ausbildung müssen die zukünftigen Feuerwehrmänner noch eine besondere Prüfung ablegen.   Und diese Prüfung ist sehr schwer, denn die Auszubildenden müssen da beweisen, dass sie in allen Situationen klar kommen - sozusagen ein Überlebens - Training.

Der zukünftige Feuerwehrmann Louis wurde in ein Flugzeug gesetzt. Er wusste nicht, wohin der Flug gehen wird - das hatte man ihm nicht gesagt. Nun saß er erwartungsvoll und angeschnallt in der Maschine. Gewundert hatte sich Louis, dass das Flugzeug außer den Rädern auch noch Kufen unter sich hatte. Das war wohl ein Flugzeug, das auch noch in Gebieten eingesetzt wurde, wo es Schnee und Eis gibt – war es etwa so ein Flugzeug, das auf dem Wasser landen kann?

Louis fragte nicht nach. Außer ihm befand sich nur noch der Pilot im Flugzeug. Man wird schon sehen, wohin es geht – also in Ruhe abwarten. Die Flugrichtung zeigte jedenfalls nach Norden. Also tippte Louis auf Schnee – wegen den Kufen.

Nachdem eine lange Zeit vergangen war und das Flugzeug eine große Strecke über Wasser hinweg geflogen war, tauchte auch tatsächlich Land auf, das sehr weiß aussah. Es war Grönland, ein von Eis und Schnee bedecktes Land hoch im Norden.

Es wurde immer spannender für Louis. Weil ihm ja gar nichts gesagt wurde, wohin die Reise führen wird, da hatte er auch gar keine Idee, was er denn nur in Grönland soll. Womit oder worin soll er hier denn ausgebildet werden? Schnee löschen soll er doch hier ganz bestimmt nicht.

Eine Stunde später war das Flugzeug schon wieder gestartet und auf dem Rückflug. Louis saß ganz allein auf seinem Gepäck, mitten in Eis und Schnee. Es schneite, und er konnte nicht weit sehen, wo er überhaupt war. Als die Schneeflocken weniger wurden, sah er hinter sich Eisberge, die sich wie ein Berg aufgetürmt hatten. Nur wenige Meter vor ihm konnte er jetzt Wasser erkennen. Das Wasser stand jedoch still, denn es war mit einer Eiskruste überzogen. Ein Stück weiter draußen zum Meer hin konnte Louis eine kleine Insel erkennen.

Jetzt wurde es aber Zeit, mal nachzuschauen, was man ihm als Gepäck mitgegeben hat, also was da an Ausrüstung so vor ihm lag. Zunächst schaute er nach einem großen Paket, und darin befand sich ein aufblasbares Schlauchboot. Louis fand in den anderen Paketen einen Schlafsack, einen kleinen Ofen, den man mit Gas heizen kann, eine Angel, einige Lebensmittel und ein Gewehr. Zum Glück war er warm genug angezogen, denn mehr lag da an Ausrüstung nicht vor ihm.

Von so einer Ausbildung wie hier hatte Louis noch nie etwas gehört. Die Feuerwehr ließ sich wohl immer wieder etwas Neues einfallen.

„Nun gut", sagte Louis zu sich selbst, „ich habe es so gewollt, und nun muss ich diese Sache hier wohl auch überstehen."

Ein kleines Zelt hatte Louis noch zwischen den mitgebrachten Sachen entdeckt. Das Zelt hatte er mit wenigen Handgriffen aufgestellt. Drinnen lag Louis jetzt in seinem Schlafsack. Während er so noch einige Zeit lang da lag und über den Tag bisher nachdachte, fühlte er neben sich den Lauf des Gewehres. Mit solchen Dingen wollte Louis überhaupt nichts zu tun haben, aber als er sich darüber Gedanken machte, warum man es ihm mitgegeben hat, da kam ihm auch sofort ein Gedanke, der ihn etwas unruhig machte.

„Eisbären", dachte Louis, „sicher gibt es hier auch Eisbären." Louis hatte im Fernsehen schon viele Berichte über die Länder im Norden gesehen. Bei den Untersuchungen dort oder auch bei Urlaubern, die sich dort einmal richtiges Eis und den Schnee anschauen wollten, da waren auch immer Begleiter dabei gewesen, Begleiter, die Gewehre bei sich hatten. Man war dort nicht auf der Jagd, schon gar nicht auf geschützte Tiere, aber Eisbären können auch für Menschen sehr gefährlich werden. Wenn die den Besuchern zu nahe kommen, schossen die Begleiter in die Luft - so geriet niemand in Gefahr.

Louis schlief etwas unruhig, und ab und zu wachte er auf und horchte, ob sich fremde Geräusche dem Zelt nähern. Am nächsten Morgen war aber noch alles in Ordnung. Die erste Nacht war vorbei, aber viele Nächte lagen noch vor ihm, denn dieses Experiment für seine Ausbildung dauert noch fast drei Wochen. Erst dann wird das Flugzeug wieder hier landen und ihn nach Hause zurück holen. Bis dahin war er allein auf sich gestellt.

Als Louis sich die Lebensmittelvorräte ansah, war ihm sofort klar, wofür er eine Angel mitbekommen hatte. Er würde sich wohl Fische angeln müssen, um etwas Essbares zu haben. Von Eis und Schnee allein kann man dort in diesem eisigen Land nicht überleben.

„Das ist ja ein schlechter Witz!", rief Louis laut. „Ich bin doch Vegetarier! Was stellt ihr nur mit mir an!" Und in diesem Augenblick wusste Louis, dass dies hier eine lange Zeit und eine wirklich schwere Prüfung für ihn wird.

Es schneite nicht mehr, und Louis machte einen Erkundungsgang in Richtung der eisigen Berge. Nach einigen Stunden kam er zum Lager zurück. Er hatte keine Anzeichen für wilde Tiere bemerkt.

Dann kam die zweite Nacht. Louis war schon sehr müde von der frischen Luft den ganzen langen Tag lang. Außerdem war er Stunden unterwegs gewesen, um die Umgebung zu erkunden. Dabei ging es zwar nicht über Stock und Stein, aber viel Schnee gab es - sehr tiefen Schnee, wo das Vorwärtskommen sehr anstrengend ist. Außerdem ging es rauf und runter. Die Eisblöcke oder vereisten oder verschneiten Felsen kosteten sehr viel Kraft. Somit dauerte es nur Minuten, und Louis war eingeschlafen.

Der nächste Morgen brachte eine Überraschung für Louis. Als der nämlich aus dem Zelt kroch, bemerkte er Spuren, die rings um sein Zelt zu sehen waren. Das waren keine Fußspuren von Menschen – es waren Tierspuren. Die waren ziemlich groß und Louis wusste sofort: „Das können nur Eisbären oder zumindest ein einzelner Eisbär gewesen sein."

Louis suchte mit seinem Fernglas die Umgebung ab, sah aber nichts, was ihm verdächtig vorkam. Er wollte sich gerade Frühstück machen, da bemerkte er eine Bewegung – weit draußen, da, wo die kleine Insel ist, die er schon am ersten Tag seiner Ankunft bemerkt hatte – ein Eisbär !

„Ich bin also nicht allein!", sprach Louis mit sich selbst. „Ich hoffe, dass der Eisbär weit genug weg bleibt." Aber seit dieser Minute ließ Louis sein Gewehr nicht mehr aus den Augen. „Man kann ja nie wissen, was passiert."

Louis ging an diesem Morgen nicht auf Erkundung der Umgebung. Er behielt den Eisbären im Auge, der stundenlang dort hinten auf der kleinen Insel saß. Nur manchmal richtete er sich auf und streckte sich. Und Louis konnte trotz der weiten Entfernung sehen, wie groß der Eisbär ist. „Ach du meine Güte!", dachte sich Louis. „Ein ausgewachsener Eisbär ist das. Und ich bin hier wohl mitten in seinem Revier."

Nur kurz war Louis in seinem Zelt, um sich etwas zu Essen zu holen. Als er wieder heraus kam und weiter nach dem Eisbären Ausschau halten wollte – **der Eisbär war w e g**!

In dieser nächsten Nacht schlief Louis ganz schlecht – oder fast gar nicht. „ Wo ist der Eisbär geblieben? Ist er weiter gezogen? Ist er hier irgendwo in der Nähe? Was ist, wenn er wieder hierher zum Zelt kommt? Was wird passieren?" Diese ganzen Fragen ließen Louis nicht schlafen.

Am nächsten Morgen – Louis war doch noch ganz kurz eingeschlafen - schreckte er hoch und suchte sofort die Umgebung ab. Wieder sah er den Eisbären auf der kleinen Insel sitzen. Und irgendwie hatte Louis das Gefühl, dass der Eisbär ihn ansah. Louis nahm das Fernglas. Und tatsächlich, der Eisbär sah in seine Richtung. Dann stand der Eisbär auf.

Der Eisbär kam auf ihn zu. Ab und zu verschwand der, tauchte dann aber immer wieder auf. Und der Eisbär kam immer näher. Nur noch etwa knapp 50 Meter trennten die beiden. Louis nahm das Gewehr, stand auf und hielt es hoch über seinen Kopf. Der Eisbär stoppte sofort. Kannte er etwa solche Waffen? Wusste er, dass diese auch für ihn gefährlich werden können?

Der Eisbär setzte sich hin. Und nicht nur das – der Eisbär hielt seine mächtigen Arme mit seinen langen spitzen Krallen in die Höhe und legte dann seine Arme hinter seinen Kopf.

Louis schüttelte den Kopf, schloss die Augen, machte sie wieder auf und wiederholte dies einige Male. Doch jedes Mal, wenn Louis wieder zum Eisbären sah, da saß der immer noch da und hatte immer noch seine Arme hoch erhoben.

„Das glaubt mir kein Mensch!", rief Louis laut aus und erschrak sich selbst darüber. „Ein Eisbär, der sich mit erhobenen Händen ergibt, weil er meine Waffe gesehen hat. Wer sollte mir das auch glauben?"

Im nächsten Augenblick hatte Louis eine Blitzidee. Er nahm sein Smartphone und machte ein Foto. Der Eisbär blieb ruhig sitzen, immer noch mit erhobenen Armen.

„Na – du bist mir ja ein merkwürdiges Kerlchen!", rief Louis. „Kennst wohl Waffen – und fotografiert worden bist du anscheinend auch schon."

Der Eisbär stand auf und kam auf Louis zu, dann setzte er sich wieder hin. Jetzt trennten die beiden nur noch an die 30 Meter. Louis hatte das Gewehr erhoben, der Lauf zeigte in die Luft.

In seinem Kopf fragte sich Louis: „Wie viele Meter gebe ich dem Eisbären noch, bis ich gezwungen bin, in die Luft zu schießen? Und was mache ich, wenn der Kerl nicht anhält und noch weiter auf mich zu kommt? Hallo – ich bin bei der Feuerwehr und nicht in der Ausbildung zum Großwildjäger! Was soll ich tun? Gegen die Kraft des Eisbären habe ich doch keine Chance!"

Nur noch 20 Meter entfernt setzte sich der Eisbär wieder. Louis senkte das Gewehr. Der Eisbär nahm seine Arme herunter, und Louis hob sofort wieder den Lauf des Gewehres.

Der Eisbär hob einen Arm und schüttelte seinen Kopf. Und was jetzt folgte, das verschlug Louis die Sprache. Er war so überrascht, dass kein einziges Wort aus seinem Mund kommen wollte. Aber das war auch nicht nötig, d e n n jetzt sprach der Eisbär zu ihm.

„Keine Angst", sagte der Eisbär - zwar in einer etwas merkwürdigen Sprache, aber Louis konnte ihn verstehen. „Keine Angst", wiederholte der Eisbär. „Ich habe noch keinem etwas getan. Und das wird auch so bleiben, solange man mir nichts Böses anhaben will."

Dann hatte sich Louis erholt. „Wieso kannst du meine Sprache oder warum kann ich dich verstehen?", sagte er.

„Nun, das kann ich dir sagen!", antwortete der Eisbär. „Hier waren schon viele Forscher, die Schnee und Eis erforschten, aber auch uns Tiere und besonders uns Eisbären. Dann tauchen hier immer wieder riesengroße Schiffe mit ganz vielen Menschen darauf auf – sind wohl Touristen.

Und von denen allen habe ich viele Wörter aufgeschnappt und nach und nach verstand ich auch, was gemeint ist. Schön, dass auch du mich verstehen kannst. Noch einmal sage ich dir – von mir geht keine Gefahr aus. Ich tue dir nichts."

„Ok", sagte Louis, jetzt sichtlich erleichtert. „Auch ich werde dir bestimmt nichts tun. Das Gewehr hat man mir wohl nur mitgegeben, falls mir Gefahr droht. Ich will dir vertrauen, denn du machst einen recht friedlichen Eindruck auf mich. Und das soll auch so bleiben. Einverstanden?"

„Na klar, ich bin sehr einverstanden", sagte der Eisbär. „Ich bin doch so froh, dass ich jetzt jemanden hier habe, mit dem ich mal reden kann. Und wenn wir uns näher kennen gelernt haben, dann würden wir uns jetzt wohl „die Fünf" geben."

Louis lachte, hatte kein bisschen Angst mehr. „Mensch – Eisbär! Was du alles für Sprüche drauf hast. Scheinbar hast du beim Sprache-Lernen wirklich gut aufgepasst. Du meinst wohl, wenn wir uns näher als 20 Meter nah kennen gelernt haben, was?"

„Genau", sagte der Eisbär. „Ich gehe jetzt in meine Schneehöhle und komme morgen wieder."

Und schon trabte der riesige Eisbär davon. Auch in dieser Nacht konnte Louis kaum schlafen. Aber ist das denn ein Wunder? Wer kann schon von einem solchen Erlebnis berichten? „Ich kann es ja selbst nicht glauben, wenn ich es nicht selber erleben würde", sagte er sich immer wieder – und das dauerte fast die ganze Nacht.

Am nächsten Morgen schlug Louis die Augen auf und im nächsten Moment zog er auch schon den Reißverschluss von seinem Zelt hoch. Louis kroch aus dem Zelt und schaute sich um.

Fast hätte sich Louis zu Tode erschrocken und im ersten Augenblick wollte er zurück ins Zelt, um das Gewehr zu holen. Gerade noch fiel ihm ein, dass der Eisbär und er sich Frieden versprochen hatten.

Und da saß er – saß direkt vor dem Zelt. Der Eisbär wünschte Louis einen schönen Morgen und hatte ihm sogar etwas mitgebracht.

Der Eisbär legte Louis einen Fisch vor die Füße und ging dann ein paar Schritte zurück, denn er hatte gemerkt, dass Louis merklich zögerte und doch noch etwas Angst in seinen Augen hatte.

„War wohl doch noch etwas zu nahe, das mit nur 3 Metern", sagte der Eisbär freundlich zu Louis. „Dann warten wir mit dem Handschlag eben noch etwas, ok?"

„Ist gut", antwortete Louis, „ist doch alles etwas zu plötzlich und unerwartet, was ich hier erlebe. Ich kann es immer noch nicht glauben, was hier gerade mit uns passiert. Aber es ist wirklich wahr, ich sehe dich schließlich vor mir! Ach ja - den Fisch, den hebe ich mir für später auf. Vielen Dank dafür!"

Der Eisbär blieb den ganzen Tag lang bei Louis und erzählte aus seinem Bärenleben. Manchmal sah er bei seinen Erzählungen sehr traurig aus, und Louis erfuhr auch – warum!

Der Eisbär sagte: „Louis, du siehst doch die kleine Insel da hinten – die Insel, auf der du mich das erste Mal gesehen hast. Zu dieser Insel konnte ich früher immer auf dem Eis lang hin kommen. Doch ihr Menschen mit eurer Klima-Erwärmung habt es geschafft, dass das Eis hier immer weniger wird. Das Eis ist so dünn geworden, dass ich immer wieder einbreche, wenn ich zur Insel kommen will. Ich bin schon alt, mir ist kalt, wenn ich immer wieder ins eisige Wasser falle."

Louis sah den Eisbären verwundert an: „Sag mal, willst du mir einen Bären aufbinden? Du bist ein Eisbär, dem es im Wasser zu kalt ist?"

„Ja, das ist so, ob du es glaubst oder nicht." sagte der Eisbär und war etwas entrüstet: „Ihr Menschen denkt immer, dass uns das alles nichts aus macht, was hier mit dem Schnee und dem Eis passiert. „Ist ja noch genug da", das habe ich schon oft von denen gehört, wenn sie hier schöne Fotos vom Schiff aus gemacht haben. Wir Tiere hier oben im hohen Norden sind jedenfalls nicht dafür verantwortlich. Wir Tiere hier sehen das ganz anders, als viele Menschen, die ja wohl auch eine Verantwortung haben sollten. Sprüche, Fönfrisuren und komische Gesichter schneiden allein genügen nicht, um ein kommendes Drama abzuwenden, denn es hat ja schon angefangen. Wer will da wissen, wann es endgültig zu spät ist."

„Mann – Eisbär", sagte Louis voller Erstaunen, „woher kennst du denn Fönfrisuren?"

„Ja, da staunst du – was?" lachte der Eisbär. „Das habe ich von einigen Forschern gehört, die sich wirklich um die Umwelt kümmern und denen auch die Tiere wirklich am Herzen liegen.

Die Natur und wir Tiere müssen darunter leiden, und die Menschen werden es auch zu spüren bekommen – eigentlich auch jetzt schon. Die Forscher haben auch von einem Menschen erzählt, dem seine Frisur wohl wichtiger ist, als die Umwelt und dass der angeblich großartige Arbeit macht, wie er selbst sagt. Die Erderwärmung lehnt er aber ab. Sag einmal, Louis, kann dieser Mensch das allein entscheiden? Das Klima wird sich sicher nicht nach diesem großartigen Menschen richten – oder ist es etwa so dumm?"

„Eisbär, Eisbär", schmunzelte Louis, „ich kann mich immer wieder nur wundern, dass du so schlau bist. Was wäre das schön, wenn ihr Tiere öfter mit uns Menschen sprechen könntet, so wie wir beide das gerade hier so schön tun. Was könnten da für Missverständnisse vermieden werden. Aber – ich kann dir auch sagen, Widerstand regt sich an vielen Orten der Erde. Viele Menschen stecken den Kopf in den Sand, aber im Grunde gibt es auch viele, denen wirklich nicht alles egal ist."

„Das ist gut!", sagte der Eisbär. „Diejenigen, die den Kopf in den Sand stecken, die sollten hierher in Eis in Schnee kommen. Erstens können sie hier den Kopf nicht in den Sand stecken und zweitens behielten sie hier einen kühlen Kopf."

Eisbär und Louis wünschten sich eine gute Nacht, und der Eisbär trottete wieder in seine Höhle.

Keiner von den beiden fand wirklich richtigen Schlaf. Sie waren noch intensiv mit ihrem Gespräch über das immer dünner werdende Eis in ihren Gedanken beschäftigt.

Louis dachte darüber nach, wie er dem Eisbären helfen kann und schüttelte immer noch den Kopf darüber, dass es Eisbären zu kalt sein kann.

Der Eisbär selbst konnte nicht schlafen, weil auch er über das Gespräch noch lange nachdachte. Als er kurz einschlief, schreckte er hoch. Er hatte geträumt, dass einem der Eisberge lange blonde Haare wuchsen – immer länger, dass sie weit über den Rand des Eisfelsens hinaus ragten.

Am nächsten Morgen trabte der Eisbär wieder zu Louis Zelt. Der hatte sich gerade einen heißen Kaffee gekocht und stand mit seinem Becher am Rande des noch gefrorenen Wassers. Der Eisbär kam zu ihm und die beiden sahen hinaus in die Ferne, wo die kleine Insel zu sehen war, von der der Eisbär gesprochen hatte.

„Sag mal, Eisbär", fragte Louis, „wieso bist du oder warst du so oft auf dieser kleinen Insel? Was ist denn da so besonders? Sagst du`s mir?"

„Ja, das kann ich dir wohl sagen.", antwortete der. „Ohne meine Kollegen, die schon alle lange von hier weg sind, ist es mir manchmal langweilig. Da habe ich mir eben ein Hobby ausgedacht."

Louis schüttelte sich und lachte: „Ein Eisbär mit einem Hobby – das habe ich ja noch nie gehört!"

„Ja, lach nur", grinste der Eisbär, „aber es ist wahr. Mein Hobby ist „Schiffe zählen"! Da kommt eine Menge zusammen, am Horizont oder auch nahe an der Insel vorbei. Ich habe eine Statistik gemacht, wo ich an einem Tag mal 17 Schiffe gezählt habe!"

Louis sah seinem neuen Freund ins Gesicht. „Du willst mir damit wirklich sagen, du bist ein Eisbär, der solche Statistiken macht? Ich weiß nur, dass sonst die Menschen und da besonders die Forscher Statistiken machen, „wie viele" Eisbären sie so noch sehen."

„Das ist aber so", sagte der Eisbär, „glaube es mir. Wie du siehst, sind Menschen doch nicht Alles-Wisser. Auch von uns Tieren könnt ihr noch eine Menge lernen. Wenn wir uns doch nur mit ihnen verständigen können, was wir wirklich brauchen. Kannst du für uns ein Dolmetscher sein, Louis? Vielleicht wird doch noch alles gut."

Plötzlich hörten die beiden hinter sich ein Geräusch. Sie hörten ein lautes Zischen, dann etwas Rauch aufsteigen und noch ein gurgelndes Geräusch.

Die beiden rannten zum Zelt zurück und sahen gerade noch, wie sich der kleine Ofen verabschiedete. Louis hatte nicht mehr daran gedacht, dass der Ofen immer noch warm war, weil das Gas noch nicht abgestellt war. Der Ofen war richtig heiß geworden, hatte Schnee und Eis unter sich geschmolzen und war in die Tiefe versunken.

„Mann, das hätte ich jetzt nicht gedacht, dass hier schon alles so dünn ist, dass mir mein Ofen versinkt!", rief Louis laut aus.

„Das ist aber so", sagte der Eisbär, „da kannst du es selbst erleben, was hier los ist. Vor einigen Jahren wäre das hier noch nicht passiert. Das ist genau so, wie ich es dir schon sagte, dass ich nicht mehr trocken zu meiner Insel kommen kann."

Louis war traurig. „Von meinen wenigen Vorräten kann ich ohne den Ofen jetzt nur noch ein paar gebrauchen. Dabei werde ich erst in 2 Wochen wieder von hier abgeholt. Was mache ich jetzt?"

Der Eisbär nahm Louis in die Arme, drückte ihn vorsichtig an sich, und Louis spürte, wie ihm schon nach ganz kurzer Zeit richtig warm wurde.

„Du – Eisbär", sagte Louis, „ich sollte dir schon lange einen Namen gegeben haben - findest du nicht auch!   Ich nenne dich ab sofort „mein Wärmebär", weil du so schön kuschelig warm bist. Ohne den Ofen kann ich mich ja auch gar nicht mehr so richtig aufwärmen.   Wie wäre das, bist du damit einverstanden?"

„Mir hat noch niemand einen Namen gegeben. Ja, das fände ich sehr gut.   Auch als wir noch viele Eisbären hier waren, Namen hatten wir nicht. Wirklich – keiner von uns hatte einen Namen, wenn ich so darüber nachdenke."

„Gut", sagte Louis froh, „in der Nacht habe ich ja meinen Polar-Schlafsack, und wenn mir am Tage kalt ist, dann nimmst du mich einfach mal ein paar Minuten in deine kuscheligen Arme, bis mir wieder warm genug ist."

„Hmmm, Wärmebär", sagte der Eisbär, „das klingt gut, das ist sogar sehr gut. Vielen Dank!"

„Bitte schön, mein lieber Wärmebär – ich hoffe, ich kann das irgendwie wieder gut machen!"

Und wieder wurde es Nacht. Der Eisbär schlief wie immer in seiner Höhle, und Louis mummelte sich in seinen Schlafsack ein. In dieser Nacht schliefen Eisbär und Louis sehr gut, und wachten nicht eher auf, bis es draußen etwa heller wurde.

Louis war zuerst aufgestanden. Er hatte eine Idee. Er blies das Schlauchboot auf, das man ihm als Ausrüstung mit dort gelassen hatte. Als sein Freund Wärmebär kam und ihn freudig begrüßte, da sah der auch das Schlauchboot.

„Hmmm, das kenn ich, was da liegt.", sagte Wärmebär. „Mit so einem Teil kamen auch immer die Forscher an Land und manchmal auch die Touristen von den riesigen Schiffen. Ich habe mich dann immer so versteckt, dass nie jemand mich gesehen hat. Wahrscheinlich haben sie meine Spuren gesehen, mich aber nie."

Louis grinste seinen Freund an: „Weißt du was? Mit diesem Schlauchboot kannst du zu deiner kleinen Insel kommen, ohne dauernd ins Eis einzubrechen. Dann wirst du nicht nass und brauchst auch nicht mehr so zu frieren!" Wärmebär sah sich das kleine Boot an, sah es sich von allen Seiten an, und als es ihm nicht gefährlich vorkam, da sprang er hinein. „Pffffttt", machte es – dem Boot ging die Luft aus.

Was war passiert? Wärmebär schaute ratlos auf das Schlauchboot, das jetzt ohne Luft nur noch eine platte Hülle war. Er schaute zu Louis, hob die Arme und sagte nur: „Entschuldigung!"

Louis war zwar auch erschrocken darüber, aber er reichte Wärmebär die Hand und sagte zu ihm: „Das ist nicht deine Schuld. Ich habe einfach nicht daran gedacht, dass du ja ganz spitze Krallen hast, nicht nur an deinen Pranken, auch an deinen Füßen. Aber ich habe eine Idee, wie wir das alles reparieren können. Hole mir doch bitte ein paar von den Brettern dahinten. Ich repariere schon einmal das Loch im Boot."

Die Reparatur war schnell geschafft. Louis pumpte das Schlauchboot wieder auf – und die Luft darin hielt. Wärmebär hatte inzwischen die Bretter geholt, und Louis legte sie auf den Boden des Schlauchbootes.

„So, mein Freund Wärmebär", sagte er, „damit dürfte das Problem gelöst sein. Der Boden sollte jetzt halten und nicht mehr kaputt gehen."

Das Boot schwamm auf dem Wasser. Wärmebär stieg vorsichtig ein. Doch eine Kralle seiner rechten Pranke rutschte aus – wieder machte es „Pfffftttt" und Wärmebär lag im kalten Wasser.

„Oh – nein!", rief Louis entsetzt.   Und Wärmebär schaute ganz traurig drein, als er bärennass ans Ufer kam, sich das Wasser aus dem Pelz schüttelte und murmelte: „Entschuldige bitte, Louis – jetzt habe ich schon wieder etwas kaputt gemacht. Bitte entschuldige, es tut mir so leid!"

„Wärmebär, du hast überhaupt keine Schuld. Ich hätte einfach besser überlegen sollen!", sagte Louis.   „Das Schlauchboot ist einfach zu empfindlich   für   deine   spitzen   Krallen. Wir müssen irgendwie eine andere Lösung finden. Ich würde dir ja meine Handschuhe geben, damit die Krallen damit etwas gepolstert sind, aber das scheint mir dauerhaft auch keine Lösung zu sein.   Und meine Handschuhe sind dir wohl auch viel zu klein."

„Du bist zu gut zu mir, Louis!", sagte Wärmebar freundlich.   „Vielleicht finden wir eine Lösung, vielleicht soll es aber so sein - wie es ist."

Wieder   wurde   es   Nacht,   beide   schliefen. Und als Louis morgens aufwachte, saß Wärmebär schon vor Louis Zelt und war sehr fröhlich gelaunt.

„Sieh mal, Louis", sagte Wärmebär, „siehe doch mal, was ich hier mitgebracht habe. Die Forscher, die vor einiger Zeit hier waren, haben das alles hier wohl vergessen. Nun ja, ich gebe zwar zu, dass ich einiges davon versteckt habe, aber jetzt kannst du es doch sehr gut gebrauchen – jetzt, wo dein Ofen weg ist und du nichts mehr kochen kannst. Ich habe schon gemerkt, dass du meinen Fisch nicht besonders magst, den ich dir mitgebracht habe. Aber es ist ok, ich esse schließlich auch nicht alles. Schau dir das alles mal an, vielleicht habe ich ja etwas wieder gut gemacht – das mit dem kaputten Schlauchboot."

Louis sah sich die Päckchen genau an, die Wärmebär mitgebracht hatte. Es waren haltbare Trocken-Lebensmittel, genau das, was er jetzt gut gebrauchen konnte.

Louis nahm seinen Wärmebär in die Arme, obwohl es eigentlich anders herum aussah. „Pass mal auf, du brauchst nichts wieder gut zu machen, denn du konntest nichts zu all dem, was passiert ist. Aber was du hier jetzt für mich angeschleppt hast, das ist viel wertvoller, als das Schlauchboot. Es ist überlebenswichtig – DANKE mein lieber Freund."

Unter den Lebensmitteln waren viele nützliche Dinge, und alle waren auch noch brauchbar. Louis hatte ein Loch ins Eis geschlagen und für seinen Wärmebär einen Fisch gefangen. Dann setzten sich die beiden gemütlich vor das Zelt und ließen es sich gut schmecken.

Am Nachmittag zeigte Wärmebär seinem Freund Louis seine Schlafhöhle. Gerade, als die beiden zum Zelt zurück kehren wollten, begann ein Schneesturm - mit eisigem Wind.

„Du – Louis", sagte Wärmebär, „wie wäre es denn, wenn du einfach hier bleibst – hier bei mir in meiner Höhle. Der Schneesturm wird sicher eine ganze Zeit lang draußen toben. Du solltest nicht zu deinem Platz zurück gehen und einfach hier bleiben. Hier bist du sicher, bis draußen wieder alles in Ordnung ist. Was meinst du?"

Louis lachte: „Wenn das eine Einladung ist, dann bleibe ich gerne. Es sieht draußen wirklich mehr als ungemütlich aus. Du hast recht - draußen sollte bei dem Wetter niemand herum laufen. Abgemacht – ich bleibe heute Nacht hier."

Und so geschah es auch. Während draußen der Sturm ohne Pause tobte, lag Louis eng an Wärmebärs warmes Fell gekuschelt und schlief.

Am nächsten Morgen hatte der Sturm sich beruhigt. Nur noch vereinzelt fielen Flocken vom Himmel und Louis machte sich auf zu seinem Zelt. Da das Wetter richtig gut aussah, entschloss sich Louis, einen Umweg zu machen und nicht direkt zum Zelt zu gehen.

Dabei machte er eine erstaunliche Entdeckung. Nein, es war nicht der normale Plastik - Unrat, der inzwischen wohl jede Bucht der Erde verdreckt. Es war ein sehr großer Gegenstand, den Louis hier wirklich nicht vermutet hätte. Dieser Gegenstand war zwar auch aus Plastik, jedoch hatte Louis sofort eine Idee, damit etwas Nützliches anzustellen. Das Ding war nicht schwer, und so zog Louis es über Eis und Schnee hin bis zu seinem Platz mit Zelt.

Am Nachmittag kam auch sein Freund Wärmebär zum Zelt und fragte natürlich sofort, was das denn für ein Gegenstand ist, der da so rumliegt.

„Mein lieber Freund!", sagte Louis feierlich. „Ausnahmsweise ist dieses hier für heute mal etwas brauchbares, was ich gefunden habe. Du wirst nicht darauf kommen, was man damit machen kann?"

Wärmebär überlegte: „Das weiß ich wirklich nicht."

Louis schob das Ding ins Wasser und forderte Wärmebär auf, darin Platz zu nehmen. Das Ding war eine sehr große graue Plastik-Wanne. Woher dieses Teil auch immer gekommen ist und wenn es sich auf keinen Fall gehört, so etwas ins Meer zu schmeißen, jetzt hier an Ort und Stelle war es sehr brauchbar.

Wärmebär war sehr vorsichtig. Er hatte Angst, wieder etwas kaputt zu machen und natürlich auch Angst, erneut ins eiskalte Wasser zu fallen.

Aber nichts geschah – Wärmebär saß in der Wanne. Die war nicht gesunken, nicht zerstört, hatte keinen Schaden durch seine Krallen genommen. Wärmebär schaukelte in der Wanne ruhig auf dem Wasser und war trocken geblieben.

„Das ist ja großartig, Louis!", rief Wärmebär voller Freude. „Jetzt kann ich zu meiner Insel, ohne ins Eis und in das eiskalte Wasser einzubrechen."

Louis sagte seinem Freund, wie er am besten mit seiner Wanne vorwärts kommt. Na – groß genug waren Wärmebärs Hände ja, so groß, dass er sie wie Paddel gebrauchen konnte. Wärmebär drehte eine Runde bis zu seiner geliebten Insel, zählte noch die zwei Schiffe, die in der Ferne vorbei fuhren und kam sehr stolz zurück zu Louis.

„Mann – Louis, was bin ich dir dankbar für dieses tolle Geschenk. Ich bin richtig glücklich!"

Und schon wieder lagen sich die beiden in den Armen und wollten sich gar nicht mehr los lassen.

Die Zeit verging schnell. Louis dachte schon darüber nach, wie sehr er seinen neuen Freund Wärmebär vermissen wird. Schon in zwei Tagen wird das Flugzeug kommen, um mich nach Hause zu bringen. Dort wird man mich beglückwünschen, dass ich auch die letzte Prüfung bestanden habe und ab sofort auch ein richtiger Feuerwehrmann bin. Aber werde ich Wärmebär jemals wiedersehen?

Der Tag des Abschieds kam. Jeden Augenblick konnte das Flugzeug am Himmel erscheinen. „Mein lieber Freund Wärmebär, es ist so furchtbar traurig, dass wir uns jetzt trennen müssen, aber ich kann schließlich nicht für immer bleiben. Ich muss zurück in mein Land, wo auch Menschen, die mich sehr gern haben, auf mich warten. Ich habe dort eine sehr wichtige Aufgabe – aber ich bin trotzdem traurig."

Den beiden Freunden kullerten so viele und dicke Tränen aus den Augen, dass man schon Angst hatte, das Eis könnte mit diesen warmen Tränen schmelzen.   Dann hörte Louis ein Geräusch, noch weit entfernt, doch es wurde lauter.

„Wir müssen uns jetzt trennen, mein Wärmebär!", sagte Louis.   „Und du musst dich jetzt leider verstecken.   Warum ?   Nun – die Menschen im Flugzeug, die mich abholen, die kennen dich ja nicht und könnten denken, dass du für mich gefährlich bist.   Sie könnten auf dich schießen. Was wäre das für ein schrecklicher Abschied, wenn dir jetzt auch noch solches Leid geschehen könnte.   Bitte   verstecke   dich   jetzt. Ich verspreche dir, wenn ich Urlaub bekomme, werde ich dich hier besuchen.   Wenn du dann noch hier an Ort und Stelle bist, werden wir uns auf jeden Fall wiedersehen."

Eine letzte Umarmung der beiden, dann trabte Wärmebär los und war schon bald verschwunden. Louis stieg ins Flugzeug, das sofort wieder startete und Richtung Deutschland flog.

„Was   für   ein   Abenteuer!", dachte Louis. Während er an die Übernachtungsgeschichte in der Schneesturmnacht in der Bärenhöhle dachte, musste er laut lachen.

„Wenn Wärmebär mir das in den ersten beiden Tagen angeboten hätte – ich hätte wohl gedacht, dass er mich als Futtervorrat dort behalten will." Und Louis lachte darüber so laut, dass sich der Pilot verwundert umsah.

Louis meinte noch, dass er tief unten eine winkende Pranke im Schnee gesehen hat   - **dann wachte er auf.**

Auf seinen Wunschzettel für Weihnachten schrieb er „Einen Wärmebär bitte!".

Oh Schreck – Eiszeit im Brunnen

Weihnachten stand vor der Tür und auch ein Urlaub. Ein Winterurlaub war geplant – in den hohen Bergen der Schweiz, wo garantiert Schnee liegen wird. Die Koffer wurden schon gestern Abend gepackt und im Auto verstaut. Die Skier lagen schon in einer Box – oben auf dem Autodach sicher verstaut.

Etwas hektisch war es gestern noch gewesen Norbert hatte noch bis in den späten Nachmittag hinein arbeiten müssen, und das war auch bei Elli noch der Fall gewesen. Bis alles gepackt und verstaut war, da war es sehr spät geworden, bis beide ins Bett kamen. Morgen früh stand eine lange Autofahrt bevor, denn der Weg in die Schweiz ist weit. Und im Winter weiß man auch nicht immer so genau, was Wetter-mäßig auf einen wartet.

Somit war die Nacht kurz. Noch schnell einen Kaffee geschlürft und einmal ins Brot gebissen, dann fuhren Elli und Norbert los. Kein Stau unterbrach ihre Fahrt, ihre Stimmung war sehr gut, und die beiden freuten sich immer mehr auf ihren Skiurlaub, je näher das Ziel kam.

Bei ihnen zu Hause hatten die beiden alles geregelt – eigentlich wie immer. Die Nachbarin wird auf die Wohnung aufpassen, wird Pflanzen und Blumen im Haus und im Garten versorgen. Vor allem wird sie aber auf Kater Tobi aufpassen, der leider nicht mit in die Berge kann. Für Tobi ist das aber in Ordnung, denn er wird super versorgt.

Die Nachbarterrasse ist gleich nebenan, und Tobi ist es gewohnt, mal hier und mal da seine Lieblingsspeisen zu sich zu nehmen. Außerdem weiß er ja auch ganz genau, dass Elli und Norbert schon bald wieder bei ihm zu Hause sein werden. Und Tobi weiß auch genau, dass er meistens in den Urlaubszeiten, in denen er in Pflege ist, sogar mehr Leckerlies angeboten bekommt als sonst.

Ein paar Tage waren bereits vergangen, und nur noch ein paar weitere davon, dann ist sein Personal aus dem Winterurlaub zurück - dachte sich Tobi, als er auf seinem wunderbar großen und weichen Sofa lag, sich dehnte, gähnte und streckte. Dieses Sofa durfte vor ihm noch keine andere Katze oder Kater benutzen, das hatte er so gehört, als seine Menschen davon sprachen. Tobi füllt den Platz darauf gut aus, schließlich ist er von Kopf bis Heck 70 cm lang.

Dann hörte Tobi, wie die Tür zur Wohnung geöffnet wurde. Er wusste sofort - war seine normale Bedienung nicht da, da kann es nur die nette Nachbarin sein. Und das bedeutet, dass es jetzt wieder Leckerlies oder sein normales Fressen gab, dazu ein paar Kraul-Einheiten.

So war es denn auch. Gut abgefüttert, mit ein paar Schleck-Einheiten aus seiner Milchschale und zum Schluss mit ein paar leckeren Keksen versehen, ließ ihn die Nachbarin raus auf die Terrasse, wo Tobi sofort im schönen Garten verschwand – ziemlich eilig verschwand.

Nachdem Tobi seine Geschäfte und seinen Rundgang erledigt und sein Revier inspiziert hatte, trabte er zurück auf seine Terrasse.

Auf der Terrasse ist auch ein Brunnen, aus dem Tobi gerne mal trinkt. Für Tobi ist es ein besonderer Brunnen, denn der Brunnen und Tobi haben schon lange ein großes Geheimnis.

Wenn das Wasser im Brunnen läuft, kann man ihn hören. Doch der Brunnen kann auch sprechen. Das ist jedoch nicht für Menschen-Ohren gedacht. Nur die Tiere können ihn auch verstehen, und Tobi hatte das in einer Nacht heraus gefunden. Der Brunnen hatte so vor sich hin geredet, obwohl das sprudelnde Wasser darin gar nicht eingeschaltet war. Aber Tobi hatte sofort erkannt, dass der Brunnen auch lebt, wenn gar kein Wasser läuft. Tobi hatte eine Zeit lang zugehört und dann den Brunnen direkt angesprochen. Tobi war sehr erstaunt darüber, dass ihm der Brunnen sofort geantwortet hatte.

„Sag mal – wie kommt es, dass du sprechen kannst, obwohl gar kein Wasser läuft und der Stromschalter gar nicht eingeschaltet ist?", hatte Tobi den Brunnen gefragt.

„Ich habe ein Herz!", antwortete ihm der Brunnen.

„Du hast ein Herz?", antwortete ihm Tobi erstaunt. „Sicher, es ist für mich merkwürdig, dass du sprechen kannst, wo du doch kein Mensch oder Tier bist. Aber dass du ein Herz hast, kannst du mir das mal erklären?"

„Na gut", lachte der Brunnen, „dann werde ich dich mal aufklären. Also – hier im Brunnen ist ja eine Pumpe, und diese Pumpe ist eben mein Herz. Hast du noch nie gehört, wenn die Menschen davon sprachen, dass sie Probleme mit ihrer Pumpe haben? Dann meinen die auch ihr Herz!"

Tobi war damals sehr erstaunt. Einen Brunnen als Freund – dass es so etwas überhaupt gibt. Und die beiden unterhielten sich nun jede Nacht und erzählten sich gegenseitig Geschichten.

Der Brunnen hatte wieder einen langen Sommer lang gearbeitet - also gesprudelt. Der Sommer ging jetzt langsam zu Ende. Der Herbst kam, und die Nächte wurden kälter.

Tobi bemerkte, dass der Brunnen in einer Nacht eine etwas andere Stimme hatte, eine Stimme, die sich sehr traurig anhörte.

Und Tobi fragte den Brunnen: „Ich merke doch, dass du heute traurig bist. Sagst du mir auch warum? Vielleicht kann ich dir helfen, damit du dann nicht mehr traurig bist."

Der Brunnen seufzte und antwortete: „Das stimmt, da hast du richtig gehört, dass ich etwas traurig bin. Ich bin so traurig, weil der Sommer vorbei ist. Jetzt ist schon der Winter gekommen. Es wird hier draußen langsam immer kälter.

Wenn es dann langsam zu kalt wird, kommt die Zeit, wo ich nichts mehr hören und fühlen kann. Dann wird die Pumpe, die mein Herz ist, aus mir heraus genommen. Dann merke ich nichts mehr."

Tobi dachte nach, legte seine rechte Pfote auf seinen Kopf, kratzte sich dann hinter dem Ohr. „Nun – mein lieber Brunnen-Freund", sagte Tobi, „das muss leider sein, weil sonst noch schlimmeres passieren kann. Ich weiß von den Menschen, dass die in allen Brunnen, die im Winter draußen sind, die Pumpen heraus nehmen. Wenn sie das nicht machen, dann kommt der Frost und das Wasser im Brunnen und in der Pumpe, also deinem Herzen, wird zu Eis frieren. Alles wird in Stücke zerspringen und dein Herz wäre zerstört."

Der Brunnen hatte aufmerksam zugehört. „Ach - so ist das also! Dann ist das wohl alles in Ordnung, was mit mir passiert. Gut, dass du mir das erklärt hast, Tobi. Dann habe ich auch keine Angst mehr - vielen Dank, mein lieber Freund."

Tobi freute sich sehr, dass er dem Brunnen helfen konnte. Vieles ist eben leichter, wenn man versteht, warum etwas passiert und gemacht wird.

Und zu dem Brunnen sagte er noch: „Alter Freund, bis zum Winter ist ja noch etwas Zeit. Bis dahin werde ich mal bei den Nachbarn etwas herum hören, damit du bis zum Winterschlaf noch eine sehr schöne Zeit hast.

Ich werde sehen und versuchen, ob einige Tiere, die hier in der Nähe leben, dich besuchen kommen. Und noch eines muss ich dir sagen. Wenn richtig Winter ist, dann hast nicht nur du einen Winterschlaf, wenn die Pumpe heraus genommen ist. Viele Tiere machen dann auch ihren Winterschlaf, schlafen viele Monate lang, bis dann wieder der Frühling kommt. Und du weißt ja – dann bekommst du dein Herz wieder eingesetzt, und deine Pumpe kann wieder so herrlich Wasser sprudeln."

Der Brunnen hätte jetzt mit dem Kopf geschüttelt, wenn er das gekonnt hätte. Aber er lachte und schaute Tobi an. „Mensch Tobi, das habe ich alles nicht gewusst. Von dir kann man ja noch eine ganze Menge lernen. Vielen Dank dafür, und schlaf recht schön – bis morgen Nacht."

Tobi legte seine Pfote auf den Brunnenrand, wünschte auch seinem Freund eine gute Nacht.

Zufrieden legte sich Tobi in sein Häuschen und schlief auch lächelnd sofort ein.

Am nächsten Morgen erinnerte sich Tobi sofort an sein Versprechen und sprach mit einigen Tieren, die den Brunnen ermuntern und besuchen sollen.

Zunächst waren einige Vögel schon früh aufgestanden und hatten schon Hunger.

„Ja - hallo, da ist ja richtig was los schon am frühen Morgen", rief der Brunnen erfreut aus.

Und nach ihrem Frühstück flogen die Vögel sofort zum Brunnen hin und erzählten ihm Geschichten.

Ein Vogel nach dem anderen kam zum Brunnen. Das Geflatter der Vögel hörte gar nicht auf.

Da staunte der Brunnen ganz enorm. So nah hatte er die Vögel noch nie bei sich gehabt. Gut – der eine oder andere Vogel hatte schon mal aus ihm getrunken, aber der Brunnen hatte noch nie so viel darüber nachgedacht, wie die Vögel so unterschiedlich in ihren Farben sind.

Der Tag ging ganz schnell rum, wie auch die nächsten Tage und Nächte. Die Vögel waren in der Dämmerung wieder zu ihren Nachtschlaf-Plätzen zurück geflogen. Am Brunnen und auf der Terrasse war es dann wieder ruhig geworden.

Auch Kater Tobi verabschiedete sich vom Brunnen. „Schlaf schön!", hatte er noch gesagt, „Ich gehe dann mal ins Haus und lege mich auf mein gemütliches schönes Schlafsofa."

Was niemand ahnte: In dieser Nacht war die Temperatur ganz tief gesunken. Es hatte plötzlich einen kalten Temperatur-Sturz gegeben.

Der Brunnen hatte eine Eisschicht bekommen.

Als der Brunnen am frühen Morgen bemerkte, dass sich das Wasser in ihm nicht mehr bewegte, auch wenn er sich schüttelte, da bekam er Angst.

Er dachte „Oh – Hilfe, wenn jetzt mein Herz zu Eis wird und zerspringt, dann werde ich nie mehr sprudeln.   Und dann werde ich meine neuen Freunde auch nicht wieder sehen."

Zuerst hatte ein Eichhörnchen die Gefahr erkannt, in der sich der Brunnen befand.   Es versuchte, die Eisschicht aufzubrechen, damit das Wasser sich im Brunnen wieder bewegen kann. Aber das Eichhörnchen hatte nicht die Kraft – das Eis bewegte sich überhaupt nicht.

Der Brunnen versuchte, laut um Hilfe zu rufen. Aber wie sollte er das machen. Er konnte sich ja noch nicht einmal mehr bewegen. Das Eis hatte ihn und alle seine Bewegungen gefangen genommen. Was der Brunnen auch tat, wie er sich auch abmühte – das Wasser bewegte sich nicht. Und der Brunnen wurde langsam müde.

Das Eichhörnchen klopfte an die Fensterscheibe des Hauses und hoffte, dass Kater Tobi es hört. Ein paar Mal versuchte es das Eichhörnchen. Dann hatte es Erfolg. Tobi erwachte, wunderte sich über die Klopfgeräusche und sah dann das kleine Eichhörnchen außen auf der Terrasse.

Tobi öffnete seine Katzentür, und sofort berichtete ihm das Eichhörnchen ganz aufgeregt, was in der Nacht geschehen war.

Tobi war sofort hellwach. Das war eine Notlage. Der Brunnen war in sehr großer Gefahr. Warum hatten auch die Menschen hier nicht schon die Pumpe aus dem Brunnen genommen, bevor etwas passiert. Wahrscheinlich waren sie mit dem Gepäck und dem Urlaub so beschäftigt, dass sie gar nicht mehr daran gedacht hatten.

Selbst Tobi, der ja ein ziemlich starker Kater ist, konnte das Eis nicht aufbrechen. Tobi und das Eichhörnchen machten sich sofort auf die Suche nach Hilfe für den Brunnen.

Zunächst fanden sie einen Kuckuck, den sie aufgescheucht hatten. Der ist meistens ziemlich faul, aber er versuchte wenigstens, dem Brunnen zu helfen. Es ging nicht, das Eis hielt.

Dann kam ein Rebhahn vorbei. Auch sein Schnabel hatte keinen Erfolg. Er schüttelte den Kopf und war traurig, dass er nicht helfen konnte.

Die nächste Hilfe kam von einem Schaf, das noch immer auf der Weide hinter dem Haus graste und noch nicht im winterlichen Stall war. Aber auch das Schaf konnte nicht helfen. Seine Hufe rutschten immer wieder vom Eis ab. Das Eis regte sich immer noch nicht und blieb gefroren.

Ein kleiner Hase versuchte sich nun. Aber er war wirklich noch viel zu klein, um das Eis zu knacken. Auch der Hase schüttelte enttäuscht den Kopf und hatte traurig eine Träne im Auge.

Dann kam ein Reh vom gegenüber liegenden kleinen Wald und fragte: „Was ist los? Kann ich irgendwie helfen?"

Nachdem das Reh von Tobi gehört hatte, dass unbedingt das Eis vom Brunnen weg muss, damit nichts Schreckliches passiert, versuchte das Reh, die Treppe zur Terrasse herauf zu kommen. Aber auch die Fliesen auf der Treppe hatten einen eisigen Überzug bekommen und waren sehr rutschig. Immer wieder rutschten die Füße des Rehs auf den glatten Stufen aus.

Tobi rief: „Um Himmels willen, bleib lieber dort unten, liebes Reh. Wir wollen doch nicht noch ein verletztes Tier hier liegen haben. Aber danke, dass du uns helfen wolltest."

Tobi kratzte sich heftig am Ohr und sagte: „Zu dumm, dass die Steine, mit denen wir das Eis zertrümmern könnten, unten im Wasser und unter dem Eis liegen. Wir müssen unbedingt eine Lösung finden. Wir müssen dem Brunnen doch irgendwie helfen können!"

Das hörte ein Specht, der heute schon sehr früh aufgewacht war. Der Specht war nur ein paar Meter weg vom Futter-Häuschen und bearbeitete gerade einen Knödel, der ihm gut schmeckte.

Der Specht sagte: „Mein lieber Brunnen, keine Angst, ich kann dir helfen. Sie mal, was für einen großen und harten Schnabel ich habe! Wenn ich damit sogar Höhlen in Bäume hacken kann, dann soll ich doch auch wohl mit dem Eis fertig werden."

Mit seinem Schnabel hackte der Specht ein paar Mal in das Eis.   In nur einer Minute hatte er die Eisschicht erledigt, der Brunnen schüttelte sich vor Freude und das Wasser tanzte wieder in Wellen.

Die Zeit lässt sich aber weder vom Brunnen und auch nicht vom Specht aufhalten.   Die neuen Freunde des Brunnen kamen nach dieser Aktion jeden Tag und jede Nacht mehrmals vorbei, um aufzupassen, dass nichts passiert, sollte der Brunnen wieder zufrieren. Besonders der Specht als sehr wichtiger Helfer blieb in der Nähe und war sofort da und bereit, wenn er gebraucht wurde.

Zwei Tage später waren die Menschen des Hauses schon aus dem Winterurlaub zurück. Der Winter war aber auch hier nicht mehr aufzuhalten.   Bereits am nächsten Tag stellten die Menschen Tische Stühle von der Terrasse in den Keller.   Sie schlossen den Wasserhahn außen und ließen das Wasser aus dem Brunnen.

Der Brunnen wusste, dass ihm jetzt die Pumpe als sein Herz heraus genommen wird, aber auch ganz sicher aufbewahrt wird.

Der Brunnen wusste nun aber auch, dass das im Winter so sein muss und freute sich schon jetzt auf das neue Jahr, wenn alles wieder so gemacht wird, dass er seine Freunde wieder erleben kann.

Der Winter war nicht so hart.   Die Temperaturen waren nicht so kalt, aber es war eine Menge Schnee gefallen.   Der Schnee schmolz aber bald weg, als die Sonne kräftig schien, und der Bach in der Nähe hatte jetzt ganz viel Wasser, war gar kein kleiner Bach mehr – sondern fast schon ein richtig kleiner Fluss mit ganz viel Wasser.

Die Menschen kamen wieder oft aus ihren Häusern heraus, schauten sich ihre Gärten an und stellten wieder Tische und Stühle hinaus.

Dem Brunnen wurde sein Herz eingesetzt. Dann kamen auch schon die ersten Freunde und erzählten die ersten Geschichten vom Winter. Alles war wieder in Ordnung.   Man kann sich sicher sehr gut vorstellen, was hier los war – auf der Terrasse, beim Brunnen, am Futter-Häuschen, auf der großen Wiese und am Bach.

E N D E

Informationen / weitere Bücher auch unter:

www :   wolfgang pein bücher

oder   wolfgang pein schafe / bilder

Nachfolgend befinden sich die Titel und auch die

ISBN-Nummern meiner Bücher, die **bisher erschienen** und in jeder Buchhandlung

in Europa, Kanada und den USA „bestell bar" sind oder auch per Amazon und bei weiteren Bestell-Anbietern.

Alle Bücher gibt es   a u c h   als E - Book.

Die **Kinder – Bücher** wurden für Kinder,
Jugendliche und zum Vorlesen geschrieben.

Schaf-Geschichten mit Johanna

(ein **K i n d e r** - Buch

ISBN 9783848251032)

The adventures of two sheep friends

(in Englisch - ISBN 9783732233328)

Schafe mähen nicht nur Gras

(208 Seiten – **Roman** -   ISBN   9783738606584
)

Schafe brauchen auch mal Urlaub

(208 Seiten – **Roman** - ISBN 9783739241074)

Schaf-Geschichten aus dem schönen Vinschgau

(Südtirol/Norditalien -   ISBN 9783837079241)

Sheep Fight For Freedom

(in Englisch – **Roman** -   ISBN 9783741279713)

vier letzte Tage im Februar

(ein Kriminal – Roman - ISBN   9783743195417)

**Eine falsche Badehose im Haifisch – Becken
kann tödlich sein**

(ein tödlicher Kriminal – Roman aus dem Bereich

der Finanzen und Bilanzen   -   260 Seiten -

ISBN 9783744835091)

Ruhe sanft oder wie ich im Keller endete

(eine A k t e erzählt aus ihrem Leben

- locker und fröhlich erzählt – endlich mal ein
Behörden-Verfahrens-Gang, den jeder versteht, -
ISBN 9783744895286)

Irland **und ein etwas anderes**

Irisches Tagebuch

(ein farbiger Reisebericht -

ISBN 9783744837996)

Schottland **und ein „etwas anderes**

Schottisches Tagebuch"

(ein weiterer farbiger Reisebericht -

ISBN   9783746012582)

ein tödlicher Workshop

(ein Kriminal – Roman aus einem Literatur-Camp

-

ISBN 9783746037028)

Sorry, leider kann ich nicht vergessen

(ein Kriminalroman um gebrochene Versprechen
- ISBN 9783752835533)

Ferien beim Froschkönig

(ein **Kinder** - Buch - ISBN   9783746093185)

Manchmal sind Pläne für die Katz

(ein Justiz - Thriller -

ISBN 97837528863)

Von Ameisen in Gefahr und

einem sprechenden Brunnen

- ein **Kinder** - Buch

ISBN 9783746093185)

**Drei Könige im Abendland   –   oder
wie es dazu kam, dass sie im Jahr 2012
immer noch die Krippe suchten**

(vergnügliche Winter-Geschichten -
ISBN 9783748128939)
